Harry Potter™

필 / 름 / 볼 / 트

VOLUME 6

Harry Potter™

필 / 름 / 볼 / 트

VOLUME 6

호그와트 성

조디 리벤슨 지음 ｜ 고정아, 강동혁 옮김

문학수첩

들어가며

스코틀랜드 하일랜드의 숲으로 뒤덮인 언덕과 산 사이에는 어느 성이 웅크리고 있다. 1,000년도 더 된 이 성은 호그와트 마법학교 학생들과 교수들의 집이다. 성 옆에 있는 커다란 검은 호수와 금지된 숲에는 마법 생명체들이 산다. 안에는 성의 대연회장에서 공중에 떠 있는 촛불들이 드리운 캐노피 아래 연회가 열린다. 도서관의 책들은 알아서 책꽂이에 꽂히고 그림은 말을 걸어 오며 계단은 움직인다.

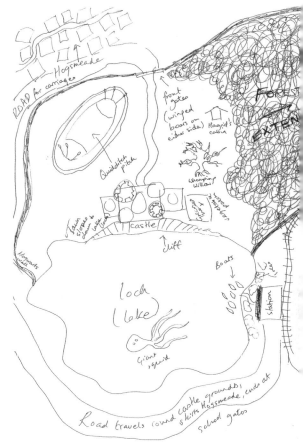

J.K. 롤링의 소설 속 마법사 세상을 영화 스크린으로 옮겨올 사람으로는 프로덕션 디자이너 스튜어트 크레이그가 선택됐다. 크레이그는 호그와트 성과 그 주변 환경에 관해 작가와 이야기할 수 있는 기회를 결코 마다하지 않았다. 처음 대화를 나눌 때 롤링은 그에게 호그와트와 교정 지도를 그려주었다. 크레이그는 해리 포터 이야기를 촬영하는 10년 내내 이 지도를 참조했다. 크레이그는 인정한다. "그거야말로 최종적인 권위가 담긴 지도였으니까요."

호그와트 성을 동화 속 성채처럼 만들지 말고 묵직하고 오래가는, 현실적인 성으로 만들자는 결정은 일찌감치 내려졌다. 크레이그는 말한다. "저는 영국의 수많은 공립학교가 호그와트와 비슷할 거라고 생각합니다. 그리고 사실 이 이야기는 영국 공립학교에 관한 이야기죠. 그래서 우리는 호그와트를 최대한 공립학교와 비슷하게 만들었습니다."

크레이그는 영화의 세트장이나 촬영지를 디자인할 때는 여러 요소를 연극적으로 과장할 방법을 찾는 것을 목표로 삼아야 한다고 믿는다. 크레이그는 설명한다. "단, 좋은 쪽으로 과장해야겠지요." 크레이그는 하나의 강하고 단순한 개념을 정한 다음, 보조적인 개념들로 그것을 희석하지 않음으로써 이런 일을 해낸다. 한 가지 어려웠던 점은 해리 포터의 이야기가 발전하면서 성도 함께 커져야 했다는 것이다. 그래야 새로운 교실과 인물들, 줄거리상의 주요 장면들을 담을 수 있기 때문이다. 〈해리 포터와 아즈카반의 죄수〉에서 알폰소 쿠아론 감독은 크레이그와 협력해서 학교 전체를 유기적으로 연결하는 지리를 만들어 냈다. 언덕에 늘어선 몇 개의 바위들에서 끝난 다음 숲지기 루비우스 해그리드의 오두막까지 이어지는 나무다리는 학교의 여러 요소를 새로운 방식으로 연결했다. 이처럼 새로운 구역들에서 보이는 경관은 이런 연결이 가능해지도록 의도적으로 선택된 것이다. 크레이그는 말한다. "덕분에 〈아즈카반의 죄수〉의 이야기 맥락을 이해할 수 있게 됐습니다. 성, 그러니까 성의 뒤쪽 출입구와 해그리드의 오두막, 풍경, 금지된 숲의 관계를 이해할 수 있게 됐죠. 사실 이런 일은 들어본 적도 없습니다."

세트 장식가인 스테퍼니 맥밀런은 대연회장을 식탁과 긴 의자로 가득 채우고, 숙소에 있는 학생들의 침대와 탁자에 각자의 개성을 부여했으며, 네 곳의 기숙사 휴게실에 들어갈 크고 편안한 소파와 의자를 찾았다. 맥밀런을 비롯한 팀원들은 소품과 가구를 구하려고 벼룩시장과 골동품 상점을 뒤졌을 뿐 아니라 120미터 길이의 나무 탁자 여러 개처럼 찾기 어려운 물건들의 제작을 의뢰하기도 했다.

프로덕션 디자이너와 세트 장식가 둘 다 관객들이 아주 작은 세부 사항들을 찾고 싶은 욕구를 느낄 뿐 아니라 계속해서 변화하는 성의 연속성과 씨름하는 일을 좋아했다. 크레이그는 열성적으로 말한다. "관객들은 그런 일을 무척 좋아했습니다. 재미있거든요. 하지만 어쨌든 제 생각에는 대체로 전 세계가 해리 포터 영화의 분위기를 따라가고, 책의 정신을 충실하게 지킨 영화를 받아들인 것 같아요. 변화나 생략에 신경 쓰지 않고 말이죠. 사람에 따라 엄청나게 중요하다고 생각할 수 있는 부분이 생략되더라도 말예요. 사람들은 전반적인 작업에, 이 모든 것의 분위기에 따르는 경향이 있습니다. 책과 영화를 즐기되 그 둘을 독립된 것으로 보는 거지요. 실제로도 그러니까요."

크레이그는 호그와트 성을 해리 포터 이야기에 나오는 등장인물로 본다. "가끔은 좀 답답한 등장인물이죠." 크레이그는 인정한다. "새로운 상황에 맞게 성을 좀 비틀어 보려 해도 늘 그럴 수 있는 건 아니거든요." 하지만 학교의 존재감은 이야기에 강하게 남아 있다. 해리의 존재감만큼 강하냐? 크레이그는 말한다. "네, 그래요."

4쪽: 〈해리 포터와 혼혈 왕자〉에서 호그와트에 다가가는 호그와트 급행열차 콘셉트 아트(앤드루 윌리엄스).
위: J.K. 롤링이 스튜어트 크레이그와 처음 만났을 때 그려준 호그와트 성과 그 주변 지도.
아래: 〈해리 포터와 비밀의 방〉을 위한 콘셉트 아트(앤드루 윌리엄스).

호그와트 성

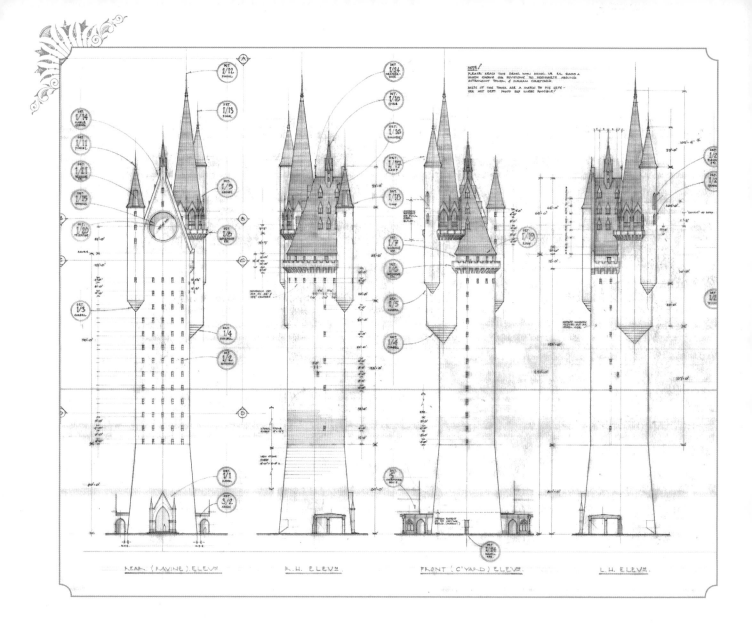

호그와트 성

프로덕션 디자이너 스튜어트 크레이그는 가장 대중적이고, 성공적이며, 영향력 있는 베스트셀러 시리즈의 가장 상징적인 장소를 스크린으로 옮기는 작업을 시작할 때 한 가지 질문을 던졌다. "가장 먼저, 그리고 가장 크게 든 의문은 호그와트가 얼마나 오래된 건물일까였어요." 크레이그는 말한다. "천년 역사를 지닌, 시대를 초월한 교육 기관이라고 하는데, 현존하는 건축물 가운데 그렇게 오래된 곳은 별로 없거든요." 크레이그는 답을 찾기 위해 처음에는 영어권에서 가장 오래된 교육 기관을 생각했다. 영국의 옥스퍼드와 케임브리지 대학이다. "유럽 고딕 양식으로 지어진 이 대학들은 강하고 극적인 외양을 지녔어요." 사실상 고딕 건축의 각기 다른 네 시기의 스타일이 성에 반영되었는데, 특히 강력한 수직 라인과 정교한 석공으로 지탱되는 커다란 창문은 잉글랜드만의 변종이었다. 크레이그는 영국의 대성당들도 조사했는데, 이 장소들 역시 세트에 영향을 주었고 더 나아가 실제 촬

영지로도 사용되었다. "처음 두 편을 위해 성 전체를 짓는 건 경제성도 현실성도 없었어요. 하지만 시리즈가 계속되면서 촬영소에 세트를 새로 짓자 실제 건물에서 촬영한 경험이 도움이 되었죠. 덕분에 세트를 더 현실적으로 지을 수 있었어요. 우리는 진짜처럼 보이기 위해 세부적 부분에 신경을 많이 썼어요. 그 점에서 실제 장소가 큰 도움이 되었죠. 환상이나 몽상 속에만 존재하는 건물을 짓는 것이 아니었으니까요." 시리즈 내내 크레이그는 이런 디자인 기본 원칙을 고수했다. "마법은 현실적인 것에서 나올 때 훨씬 더 강해진다고 생각해요." 크레이그는 이 원칙을 문자 그대로 시각화했다. "호그와트 성은 그 성이 서 있는 곳의 돌로 만들어졌어요. 지구의 연장선인 셈이죠."

대연회장, 덤블도어 교수의 방, 그리핀도르 휴게실 같은 일부 세트는 시리즈 내내 별다른 변화를 겪지 않았다. "그 세트들은 두어 번 페인트를 칠하긴 했지만 말 그대로

6~7쪽: 〈해리 포터와 혼혈 왕자〉 속 해질 녘의 호그와트. 앤드루 윌리엄슨 콘셉트 아트.

위: 호그와트 시계탑 디자인 360도 도면.

9쪽: 영화 첫 편에서 맥고나걸 교수를 따라 대연회장으로 들어서는 호그와트 학생들.

10년 내내 그대로였어요." 상황에 따라 필요한 부분을 추가했다. 〈해리 포터와 비밀의 방〉에 처음 등장하는 알버스 덤블도어의 연구실과 어둠의 마법 방어법 교실은 이미 호그와트 성의 일부인 탑에 위치해 있었다. 〈해리 포터와 아즈카반의 죄수〉에서 해리의 대부인 시리우스 블랙이 붙잡혀서 호그와트에 갇혀 있는 장면에서는 가느다란 탑이 추가되었다. 크레이그는 웃으면서 말한다. "책 일곱 권을 다 읽고 시작했다면 더 좋았겠죠. 하지만 호그와트가 이렇게 저렇게 변한 모습이 영화에 재미를 더했다고 생각해요. 각 편 사이의 연속성보다는 작품 전체의 정신이 중요하다는 건 모두가 인정할 테니까요."

여덟 편의 영화를 찍으며 10년의 세월이 지나는 동안, 다른 모든 것과 마찬가지로 호그와트의 얼굴도 변했다. 크레이그는 성의 부분들을 고칠 일이 생길 때마다 기뻐했다. 하나의 예는 성의 중앙 현관인데, 초기에 그 장면은 옥스퍼드 대학 내 단과 대학인 크라이스트 처치의 유명한 부채 무늬 천장 아래서 촬영했다. 크레이그는 말한다. "하지만 〈해리 포터와 불의 잔〉의 크리스마스 무도회 장면에서는 학생들이 현관문 앞에 도착한 뒤 바로 안으로 들어가야 했죠. 크라이스트 처치에는 그렇게 할 장소가 없었어요. 그래서 현관을 다시 만들었죠. 마지막 편에서는 전투가 벌어져야 해서 교정이 아주 커졌어요. 볼드모트가 학교를 위협하고 학생들이 방어에 나선다면, 그 전투는 중앙 현관을 둘러싸고 벌어져야 했거든요. 그래서 현관을 다시 만들고, 예전에 촬영한 더럼 성당 안뜰을 토대로 아주 넓은 교정을 지었죠." 영화 전체에 사용된

색채도 변경되었다. "아이들이 더 어리고 상황이 더 낙관적이었을 때는 호그와트 성의 돌벽이 따뜻한 꿀색 톤이었어요." 영화가 어두워지면서 호그와트의 벽도 어두운 색상을 띠게 되었다.

크레이그는 다시 말한다. "1편의 호그와트에는 여러 장소가 혼합되어 있어요. 크라이스트 처치도 있고, 더럼 성당도 있고, 글로스터 성당과 애니크 성도 있죠. 학교의 최초 실루엣은 이런 장소들을 통합하느라 어쩔 수 없는 면이 있었고, 그래서 제가 원하던 모습과는 달랐어요. 시리즈가 진행되면서 실루엣을 개선할 기회가 생겨서 기뻤죠. 거대하고 복잡한 특징을 유지한 채로 점점 우아해질 수 있었어요."

위: 〈해리 포터와 마법사의 돌〉에서 배를 타고 성으로 가는 학생들.
오른쪽 위: 병동 내부와 폼프리 선생의 책상.
오른쪽 아래: 공중에서 바라본 호그와트 성의 겨울. 〈해리 포터와 불의 잔〉 중 애덤 브록뱅크의 콘셉트 아트.

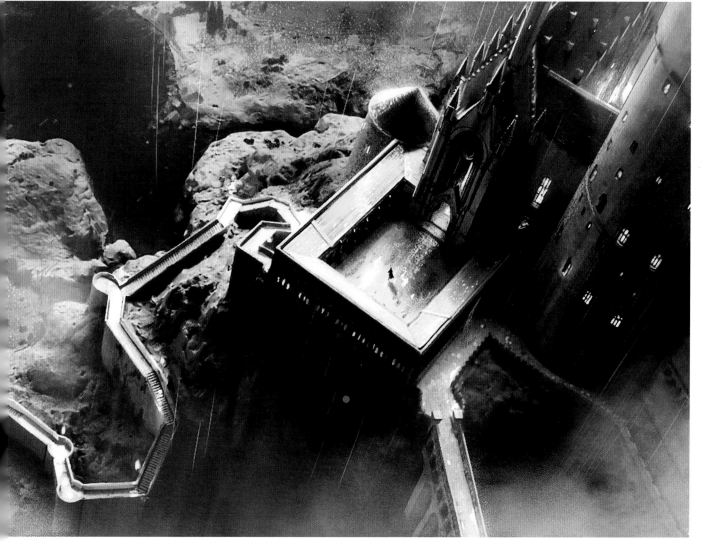

호그와트 전투

<해리 포터와 죽음의 성물 2부>에서는 호그와트 사람들과 볼드모트 경이 이끄는 어둠의 세력 사이에 최종 전투가 벌어지고, 해리 포터와 볼드모트의 마지막 대결이 펼쳐진다. 호그와트 성을 파괴하는 일은 스튜어트 크레이그에게 성을 짓는 일만큼 중요했다. <죽음의 성물 2부>의 감독 데이비드 예이츠는 전투 장면을 대규모로 표현하고자 했다. 그래서 언제나처럼, 그러나 마지막으로 이야기에 따라 호그와트가 변형되었다. 크레이그는 "궁극적 전투를 위한 장소를 만들어야 했"다고 말한다. "그래서 대리석 계단을 500퍼센트 키웠죠. 교정은 다시 두 배 더 키우고, 다리와 접근로도 더 지었어요. 석상들이 뛰어내려서 전투에 참여하기 때문에 현관홀의 모양도 바꿨죠." 그는 호그와트 성 파괴가 단순히 때려 부순다고 되는 일이 아니었다고 말한다. 폐허도 애초의 상태만큼이나 특징을 잘 담아야 했다. "부서진 돌과 불탄 들보들 틈에서 연회장, 계단, 지붕 같은 파손된 영역을 알아볼 수 있어야 했어요." 실용적 측면도 고려됐다. "배경은 합판으로 만들었어요. 그래서 일부가 파괴되면, 부서진 합판의 가장자리만 보이죠. 스티로폼과 석고도 많이 보이고요. 그래서 호그와트 폐허는 옛것을 해체하는 것이 아니라 새것을 만드는 과정이 됐어요."

맨 위, 아래: 파괴된 호그와트 성 세트 제작과 촬영 장면.
중간: 호그와트 방어 세력과 침입자의 위치를 표시한 흰 종이 모형.
13쪽: 호그와트 전투를 묘사하는 앤드루 윌리엄슨의 콘셉트 아트.

이 어려운 과제를 위해, 시각효과 팀은 처음으로 호그와트 전체의 디지털 모형을 만들었다. 선임 시각효과 감독 팀 버크는 "1편 이후 계속 발전해 온 모형을 스캔해서 작업할 건물의 모습을 남김없이 파악한 뒤 파괴된 학교를 지었"다. 디지털 모형이 완성되자, 데이비드 예이츠 감독은 실사 모형으로는 불가능한 여러 가지 아이디어를 실험해 볼 수 있었다. 영화 제작 시 흔히 발생하는 일이지만, 호그와트 전투 장면과 파괴 이후의 모습은 전투 이전 장면들보다 먼저 촬영되었다. 소품 책임자 배리 윌킨슨과 소품 팀은 부드러운 폴리스티렌으로 수천 개의 잡석 조각을 만들고, 호그와트를 장식한 조각상 파편들도 만들어 세트에 흩뿌렸다. 스테퍼니 맥밀런이 말한다.

"많은 사람이 몇 달 동안 잡석 조각을 만들었어요. 잡석은 아무리 많아도 지나치지 않았죠." 촬영이 완료된 후 이 잡석들은 모두 수거되었다. 스튜어트 크레이그는 파괴된 학교 세트를 만든 도전과 수고가 아주 값졌다고 말한다. "등 뒤로 해가 떠오르고 벽 사이로 연기가 솟아오르는 모습을 배경으로, 볼드모트와 해리가 폐허가 된 학교 건물 앞 교정에서 마지막 대결을 펼치는 장면은 굉장히 풍성한 감정을 불러일으키죠."

아래: 볼트모트와 맞서 싸울 준비를 하는 해리 포터.

15쪽, 위에서부터: 맥고나걸 교수의 주문으로 생명을 얻은 중앙 조각상이 후플푸프의 상징인 오소리를 새긴 방패를 휘두르는 모습./ 확장한 대리석 계단을 달려 내려오는 론과 헤르미온느./《해리 포터와 죽음의 성물 2부》에서 호그와트 방어 세력과 침입자들이 폐허 위에 모여드는 모습.

대연회장

"새벽에 대연회장 세트에서 〈해리 포터와 마법사의 돌〉 촬영을 시작하던 일이 생생하게 기억나네요." 1편과 2편을 감독한 크리스 콜럼버스가 소회를 밝혔다. "엄청나게 추웠어요. 당시 리브스덴은 지은 지 얼마 안 됐고 지붕에서는 비가 샜죠. 가끔 밖에서 자동차와 비행기 소음도 들렸어요. 하지만 그곳에 진정한 마법이 있는 것 같았죠."

호그와트 대연회장은 잉글랜드의 유명 건물 몇 곳을 합성해 만들었다. 기숙사 배정식을 하기 전에 모이는 대연회장 입구는 잉글랜드 고유의 정교한 부채 모양 장식 천장으로 유명한 옥스퍼드 대학 내 크라이스트 처치 대학 연회장 앞 계단이다. 호그와트 대연회장의 크기는 가로세로가 12미터와 36미터로, 16세기에 지어진 크라이스트 처치 연회장과 똑같다. 천장은 국회의사당 웨스트민스터 홀의 외팔들보 천장을 본떴는데, 스튜어트 크레이그가 거기에 몇 가지 수정을 더했다. "영화 세트에서 가장 중요한 건 창문이라고 생각해요. 창문은 세트의 눈이죠. 크라이스트 처치 대학의 창문은 아주 높이 달려 있어서, 대부분의 경우 영화 프레임에서 잘려요. 그래서 창턱을 낮추고 세트 한쪽 끝에 거대한 돌출창을 만들어 시선이 집중되도록 했죠." 그러나 그 외에는 별다른 장식을 더하지 않았다. "전혀 복잡하지 않은, 아주 단순한 구조예요. 두세 가지 고전적 특징이 멋진 효과를 발휘했죠. 한

꺼번에 너무 많은 아이디어를 반영하면 오히려 흥미를 떨어뜨린다고 생각했거든요." 대연회장 세트와 관련해서 크레이그가 내린 가장 중요한 결정은 바닥에 요크스톤이라는 진짜 사암을 깐 것이었다. "책이 7권까지 나올 거라고 했지만, 영화 촬영을 시작할 때는 2권까지만 나온 상태였어요. 1편이 성공하기 전에는 2편 영화를 만들지 어쩔지도 장담할 수 없었죠." 하지만 그는 오랜 영화 제작 경험에 근거한 직감을 믿었다. "석고나 유리섬유처럼 평소에 쓰는 재료로 세트를 만들면 페인트가 벗겨졌을 거예요. 때로는 모조품을 쓰는 편이 진짜 재료를 쓸 때보다 수고도 돈도 더 많이 들죠." 요크스톤을 깐 바닥은 10년 동안 수많은 카메라 트랙과 조명 장치, 배우 수백 명의 발길을 견뎌주었다.

크리스 콜럼버스 감독이 말한다. "우리는 대연회장에 불을 많이 피웠어요. 그곳에는 마법과 온기와 사랑이 가득해야 했거든요." 연회장 한쪽에 호그와트 문양을 새긴 대형 벽난로가 자리 잡았고, 벽에는 각 기숙사를 상징하는 동물 네 마리가 햇불 받침을 든 조각이 위치했다. "하지만 이번에도 당연히 몇 가지 난관이 있었어요. 떠다니는 촛불과 끝없이 변하는 천장이 특히 그랬죠."

16쪽: 대연회장 세트의 문.
위: 〈해리 포터와 마법사의 돌〉에서 기숙사 배정을 기다리는 신입생들.

불리는 촬영 기술의 하나였다. 이를 위해 카메라가 모형 및 실제 사용 중인 세트와 완벽하게 정렬되도록 위치를 잡고, 해머 빔 트러스 구조와 함께 구름이나 별, 비 등을 디지털로 만든 다음 후반 작업에서 합성했다.

그러자 디지털 아티스트들에게 작업의 하한선이 생겨서 대연회장에 눈이나 비가 올 때는 항상 같은 높이의 선에서 사라졌다. 연회장 바깥의 '진짜' 풍경을 위해서는 세트 전체를 감싸는 거대한 사이클로라마(하늘이나 자연 풍경 따위를 표현할 때 쓰는 원형 파노라마—옮긴이)를 손으로 직접 그렸다. 크레이그가 말한다. "대형 배경 그림에 호그와트에서 바라본 풍경을 담았어요. 창밖으로 눈길을 던질 때마다 그 배경 그림이 보이죠. 하지만 늘 똑같은 그림은 아니에요. 영화 속 장면이 겨울이면 산꼭대기마다 눈이 그려져 있죠."

그런 뒤 세트 장식가 스테퍼니 맥밀런이 공간을 채웠다. "필요한 물건은 만들거나 빌리거나 샀어요. 연회장에 놓을 가구는 만들어야 했죠. 30미터 길이 테이블이나 그 앞에 놓을 30미터 길이 의자는 어디서도 살 수가 없으니까요!" 그렇게 제작된 테이블은 수 세대의 학생들이 사용한 것처럼 보이도록 낡고 닳은 모습이 되어야 했기 때문에, 어린 배우들은 테이블에 이름이나 그림을 마음껏 새겨 넣을 수 있었다.

사용자: 호그와트 학생, 교수, 유령

세트 모델: 잉글랜드 옥스퍼드셔주 옥스퍼드 대학 내 크라이스트 처치 대학 연회장

영화 속 등장: 〈해리 포터와 마법사의 돌〉, 〈해리 포터와 비밀의 방〉, 〈해리 포터와 아즈카반의 죄수〉, 〈해리 포터와 불의 잔〉, 〈해리 포터와 불사조 기사단〉, 〈해리 포터와 혼혈 왕자〉, 〈해리 포터와 죽음의 성물 2부〉

특수효과 감독 존 리처드슨은 말한다. "우리는 대연회장에 진짜 촛불 370개를 띄웠고, 모두가 각기 다른 타이밍으로 위아래로 움직였어요. 정말로 마법 같았죠." 리처드슨과 팀원들은 그 많은 촛불을 공중에 띄우는 데 필요한 온갖 어려움을 거의 다 해결했는데, 촛불 하나당 3~4.5미터 길이의 와이어를 두 줄씩 묶어 배우 400명의 머리 위에 띄운 후에 그것들이 위아래로 움직일 수 있게 만들었다. 리처드슨이 말한다. "우리는 빠르게 움직여야 했어요. 초에 빨리 다가가서 불을 켜고 또 꺼야 했죠. 그것을 해냈고요." 크리스 콜럼버스는 그들의 노력에 감탄했다. "연회장에서 촬영한 첫 장면이 기억나요. 카메라가 공중에 뜬 많은 촛불을 헤치고 내려가는 숏이었죠. 촛불을 매단 줄은 전혀 보이지 않았어요." 하지만 연회장 세트에 외풍이 들어와서 와이어에 매단 촛불이 자주 꺼졌고, 촛불을 한 시간 정도 켜두면 열기에 와이어가 끊어져서 초가 떨어졌다. 현실적인 이유와 안전을 고려해 디지털로 다시 만들어진 촛불은 후에 시각효과 아티스트들이 시리즈 전체에 걸쳐 원형이나 층층 구조 등 여러 가지 다른 방식으로 배치해 사용하였다. 핼러윈 때는 호박 촛불이 만들어졌다.

헤르미온느 그레인저가 해리 포터와 함께 대연회장에 들어가면서 말하듯, 호그와트의 천장은 "진짜가 아니라 마법으로 만든 것"이다. 스튜어트 크레이그는 변하는 천장의 모습을 몇 가지 방식으로 생각해 보았는데, 어쨌건 이차원 그림처럼 만들고 싶지는 않았다. 처음에는 천장이 유리로 되었거나 아니면 그냥 하늘로 이루어졌다고 생각해 보았다. 크레이그가 말한다. "이 비현실적인 아이디어를 그림으로 그려봤어요. 그랬더니 천장의 들보 안으로 구름이 보여야 하더라고요. 하지만 그렇게 하면 카메라에 문제가 생기죠. 지붕이 하늘로 이루어졌다는 생각은 너무 말도 안 돼서 진척이 되지 않았어요." 천장의 25분의 1 크기 모형은 인-카메라 매트in-camera matte라고

위: 〈해리 포터와 마법사의 돌〉에서 대연회장에 촛불들이 떠다니는 장면 스틸 사진. 몇 번의 실험 끝에 촛불은 디지털 기술로 채워졌다.

아래, 19쪽: 〈해리 포터와 아즈카반의 죄수〉에서 잠든 학생들 위로 밤하늘이 투사되는 모습을 보여주는 더멋 파워의 그래픽과 콘셉트 아트.

actual stars out in the universe

Globe rotates to follow stars as they move through the night sky

기숙사 점수 모래시계

대연회장 교수석의 오른쪽 벽에는 모래시계 모양을 한 큰 유리 원통 4개가 서 있다. 각각 슬리데린, 후플푸프, 그리핀도르, 래번클로 기숙사를 나타내는 이 모래시계의 안에 들어 있는 '보석'(에메랄드, 노란 다이아몬드, 루비, 사파이어)은 각 기숙사 학생들이 얻거나 잃은 점수를 보여준다. 프로덕션 디자이너 스튜어트 크레이그가 이 모래시계들에 유리구슬 수만 개를 넣은

덕분에 영국에서는 구슬 품귀 현상이 일어나기도 했다. 모래시계들은 실제로도 완벽하게 작동했으며, 학년 초에는 구슬들이 모래시계의 윗부분에만 있도록 신경을 썼다.

"좋은 일을 하면 점수를 따고, 규칙을 어기면 점수를 잃죠.
학년이 끝날 때 최고 득점을 한 기숙사는 우승컵을 받게 됩니다."

미네르바 맥고나걸, 〈해리 포터와 마법사의 돌〉

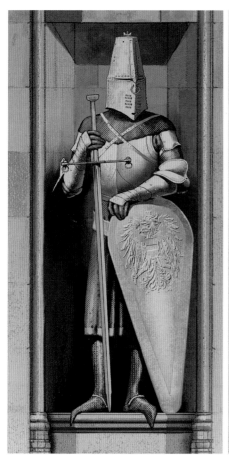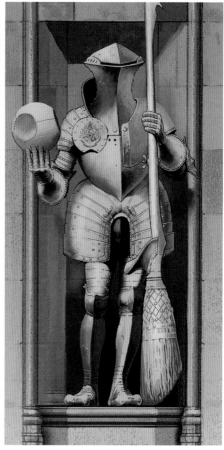

호그와트 전투 기사들

〈해리 포터와 죽음의 성물 2부〉에서는 호그와트 학교 안에서 선한 세력과 어둠의 세력의 마지막 전투, 그리고 해리 포터와 볼드모트 경의 마지막 대결이 벌어진다. 여기에는 교사와 학생뿐 아니라 다른 관계자들도 참여하고, 이때껏 보이지 않던 지원군도 나타났다. 바로 학교를 지키려고 되살아난 갑옷 기사 석상들이다. 기사들은 (예전부터 그 주문을 사용하고 싶어 한) 맥고나걸 교수의 명령에 깨어나서 전투장으로 진군해 들어간다. 콘셉트 아티스트 애덤 브록뱅크와 앤드루 윌리엄슨은 기사들과 그들의 사슬 갑옷, 철퇴, 전투 도끼, 방패 등을 스케치했는데, 그런 장비들 중 일부는 특정 기숙사의 이미지와 연결되었다. 또 스코틀랜드 고원 지대의 전통 복장 중 하나로 남자들이 킬트 위에 착용하는 가죽 주머니인 '스포란'을 멘 기사도 있고, 퀴디치 경기를 하는 듯한 복장의 기사도 있다. 기사들이 살아 움직이는 모습은 기계 효과와 디지털 효과가 결합돼 완성되었는데, 먼저 유리섬유로 기사의 모형을 만들고 돌 같은 느낌이 나게 채색한 뒤 이 모형을 사이버스캔으로 컴퓨터에 넣어서 기사처럼 움직이게 만들었다.

"피에르토툼 로코모토르!"

미네르바 맥고나걸, 〈해리 포터와 죽음의 성물 2부〉

20쪽: 기숙사 점수를 표시하는 모래시계. 이 시점에서는 래번클로가 가장 앞서고 있다.
위: 애덤 브록뱅크가 그린 전투 기사들의 비주얼 개발 그림. 저마다 독특한 무기와 방패를 들고 있다.
아래: 전투 후 유리섬유 버전 기사들이 산산조각 나서 들판을 뒹굴고 있다.

사용자: 호그와트 학생과 교사들, 그림들

세트 모델: 잉글랜드 옥스퍼드셔주 옥스퍼드 대학 내 크라이스트 처치 대학 계단

영화 속 등장: 〈해리 포터와 마법사의 돌〉, 〈해리 포터와 비밀의 방〉, 〈해리 포터와 아즈카반의 죄수〉, 〈해리 포터와 불의 잔〉, 〈해리 포터와 불사조 기사단〉, 〈해리 포터와 혼혈 왕자〉, 〈해리 포터와 죽음의 성물 2부〉

"계단을 조심해야 돼. 수시로 움직이거든."

퍼시 위즐리, 〈해리 포터와 마법사의 돌〉

움직이는 계단

스튜어트 크레이그가 〈해리 포터와 마법사의 돌〉에서 맡은 최초의 임무 가운데 하나는 층과 층 사이를 움직이는 호그와트 계단을 만드는 일이었다. 그는 먼저 계단이 '어떻게' 움직일지를 결정해야 했다. 처음에는 에스컬레이터처럼 만들려고 했지만, 그가 말하듯 "계단이 대리석이라서 아무래도 그건 무리한 상상 같았다". 크레이그는 다음으로 계단이 한 지점에서 다음 지점으로 90도 돈다는 아이디어를 생각해 냈다. "계단이 벽에 붙어 있다가 공중을 가로질러서 일종의 다리 역할을 하는 거예요. 그게 기계적으로 가장 단순한 구조 같았죠." 크레이그는 계단이 완벽한 정사각형 공간의 사면에 설치된 모습을 구상했다. "그 사면의 계단이 역시 정사각형인 위쪽의 공간으로 이어지고, 그것이 또 위쪽으로 이어지는 거예요. 이중 나선하고 비슷하지만 서로를 감싸지는 않죠. 그런데 어째서인지 이 단순한 구조와 기계 동작이 복잡한 기하학적 패턴을 이루더라고요."

프랑스 랭스의 한 건물 바깥을 둘러싸고 있는 나선 계단과 런던 세인트 폴 성당의 만곡 계단이 움직이는 계단에 영감을 주었다. 크레이그는 말한다. "우리는 위아래에 블루스크린이 있는 이중 나선 계단을 만들었습니다. 필요하면 연장할 수도 있었어요." 딘 계단이라고도 불리는 만곡 계단은 이후 〈해리 포터와 아즈카반의 죄수〉에

서 점술 교실로 가는 길로 쓰였고, 〈해리 포터와 불의 잔〉에서는 어둠의 마법 방어법 교실로 가는 길이었다. 이렇게 해서 만들어진 움직이는 계단의 최종 모습은 해리 포터가 그 계단들에 대해 처음 알게 됐을 때는 꽤 숨이 막힐 정도다.

〈해리 포터와 마법사의 돌〉의 움직이는 계단은 해리 포터, 론 위즐리, 헤르미온느 그레인저를 출입 금지 구역인 3층 복도에 데려다주고, 거기서 그들은 마법사의 돌을 지키는 머리 셋 달린 개 복슬이를 만난다. 학생들이 움직이는 계단 위에 서 있거나 걷는 장면에는 특수효과를 사용하지 않았다. 대니얼 래드클리프, 루퍼트 그린트, 에마 왓슨은 그린스크린 앞에서 유압식 장치로 움직이는 하나의 계단 위에 있었다. 이 영상은 수백 점의 축소 그림들로 꾸며진 계단과 벽의 매우 상세한 축소판 숏들과 합성되었다.

주요 장소에서의 장면을 촬영하기 앞서 미술 팀은 종종 배우들의 움직임이나 카메라 각도, 조명을 계획하는 데 사용할 세트의 종이 모형을 만들곤 했다. 등장인물들의 동선을 세트에 배치해 보는 일은 각 장면의 액션을 계획하는 데 도움이 되었다. 이 모형에 '립스틱 카메라'라는 초소형 카메라를 넣으면 감독, 촬영감독, 조명 디자이너가 시점을 파악하는 일이 용이해진다. 종이 모형은 또한

위: 〈해리 포터와 마법사의 돌〉에서 해리, 론, 헤르미온느가 복슬이가 있는 방으로 통하는 계단을 올라가고 있다.

23쪽 위: 초상화 배치를 예시한 움직이는 계단 흰 종이 모형.

23쪽 아래: 〈해리 포터와 불사조 기사단〉을 위한 앤드루 윌리엄슨 콘셉트 아트.

초상화들의 최종 위치를 결정하는 데도 이용되었다. 그림이 계획에 따라 재배치되거나 다른 장면에서 세트를 수정했을 때 다시 원래 자리에 배치될 수 있도록 참조 번호를 달았다. 그렇게 하면 똑같은 그림이 여러 점 걸릴 염려도 없었다!

등장인물이나 동물들이 초상화와 교감하는 일이 잦았기 때문에 초상화 속 인물이 바깥에서 이루어지는 행동들을 보고 있는지, 특히 등장인물과 접촉할 때 시선을 어디에 두어야 하는지가 중요했다. 제작진은 종이 모형들로 이러한 상호작용들을 파악하고 최종 디지털화했으며 1:25 비율로 만든 호그와트 축소 모형을 활용하기도 했다. 이 모형과 실사 촬영한 배경을 합성하여 최종 장면을 완성했다.

ÆTATIS XXXV

Dame Antonia Treaseworthy

Percival Pratt

By John Hannae

"셰이머스, 그림이 움직여!"

네빌 롱보텀, 〈해리 포터와 마법사의 돌〉

호그와트 성의
그림들

〈해리 포터와 마법사의 돌〉에서 호그와트에 간 해리 포터에게 그곳이 마법 세계라는 점을 뚜렷하게 보여준 것 중 하나는 대형 계단 벽에 걸린 움직이는 그림들이었다. 현대 기술 덕분에 우리에게는 비디오와 '움직이는 사진'이 있지만, 대화할 수 있는 그림은 아직 없다. 세트 장식가 스테퍼니 맥밀런이 말한다. "소품 담당 미술 감독의 주요 과제 중 하나는 초상화를 연구해서 그것을 의뢰해 그리게 하는 것이었어요." 시리즈가 이어지는 동안 루신다 톰슨, 알렉스 워커, 해티 스토리가 그 책임을 맡았다. 그들은 모든 시대와 양식을 살펴보았다. "고대 이집트에서 20세기까지 회화의 역사 전체를 연구했죠." 프로덕션 디자이너 스튜어트 크레이그의 말이다. 움직이지 않는 그림들은 왕족을 비롯해서 문학, 미술, 사회 분야 유명인들의 널리 알려진 초상화를 본떠서 그렸다. 초상화 제작은 다양한 방식으로 이루어졌다. 크레이그가 말한다. "우리 아티스트 샐리 드레이는 깨끗한 화폭에 그림을 그리는 걸 좋아했어요. 아주 정성을 들이는 방식이죠. 그릴 대상을 주면 샐리는 완전한 백지에 그 인물을 그렸습니다." 하지만 다른 사람들은 약간 '속임수'를 썼다. "사진을 가져다가 그림 같은 느낌과 오래된 니스 같은 느낌을 줘서 진짜 유화처럼 보이게 만들죠." 첫 번째 영화에서 열 명의 아티스트가 약 200점의 초상화를 그렸고, 이후 시리즈가 이어지는 동안 스토리에 필요한 그림들이 추가되었다.

움직이는 그림은 초상화와 똑같은 과정에 몇 가지 단계만 더해 만들어졌다. 일단 그림의 얼개를 스케치하면, 먼저 배경을 그리고 촬영한 후에 움직이는 그림 역할을 할 사람을 뽑았다. 배우도 있었지만 제작진도 다수 참여했다. 의상 팀에서 의상을 만들고, 필요하면 세트 팀과 소품 팀이 협력해서 세트를 만든 뒤 제2제작진이 그린스크린 앞에서 동작을 찍었다. 〈해리 포터와 아즈카반의 죄수〉부터 마지막 편까지 의상 디자이너로

일한 자니 트밈은 이 일을 아주 즐거워했다. "16세기에서 18세기까지의 마법사들 초상화를 만드는 일은 정말 재미있었어요. 때로는 고전적인 초상화를 가져다가 그 안의 인물을 마법사로 꾸미기도 했죠."

제작진은 그림 속 인물이 배우나 연기 장면을 제대로 바라볼 수 있도록, 먼저 그린스크린 캔버스 액자를 건 상태로 촬영해서 시각효과 팀이 그림 속 인물이 어디를 보아야 하는지 알 수 있도록 했다. 시각효과 프로듀서 에마 노턴은 시각효과 팀이 모든 요소를 통합한 후에 "디지털로 그림자나 반사광을 넣고, 오래된 유화처럼 물감이 갈라진 효과도 넣어 질감을 만들어 냈"다고 말한다. 시각효과 아티스트들의 가장 흥미로운 도전 과제 중 하나는 초상화 속 인물들이 움직이고 말을 할 때, 화가가 손을 본 그림에 디지털 방식으로 니스와 붓놀림을 추가하는 것이었다. 잔금이 간 질감을 그 자리 그대로 옮겨놓는 일은 생각보다 조금 어려웠지만, 그것이 만들어 내는 미묘한 효과는 시간과 노력을 들일 가치가 충분히 있었던 것으로 판명되었다. 완성된 그림을 장면의 배경에 걸어둘 필요가 생기면 움직이지 않는 형태로 복제하기도 했다. 그런 장면에서는 그림이 멀리서 작게 보이므로 움직일 필요가 없기 때문이다. 캐릭터들이 그림 속 인물과 대화나 행동을 주고받지 않는 장면에서는 벽에 걸린 많은 그림 중 일부만이

호그와트 연회장 벽에 걸린 그림들.
24쪽 왼쪽: '보긴 앤 버크'의 공동 창업자인 카락타쿠스 버크의 친척일지도 모르는 엘리자베스 버크.
24쪽 오른쪽 위: 안토니아 크리스워시 여사.
24쪽 오른쪽 아래: 유명 시인 퍼시벌 프랫.
오른쪽: 그림 배치의 일관성 유지와 장면 블로킹(동선 구성)을 위해 만든 흰 종이 모형.

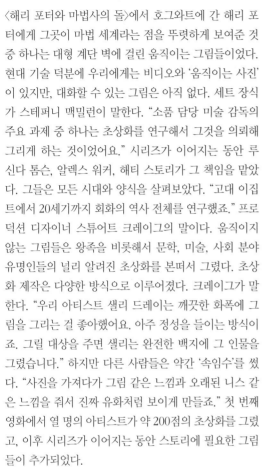

움직인다. 노턴이 말한다. "관객은 캐릭터들을 볼 뿐
그림을 보지는 않아요. 그리고 움직이는 게 너무 많으
면 정신이 분산돼서 관객이 좋아하지 않습니다. 대화
나 행동에 반응하는 그림도 약간 있어야 하지만, 그것
도 스토리에 도움을 줄 때뿐이죠. 만들 수 있다고 무조
건 만들지는 않아요."

　미술, 소품, 의상 팀에게 주어진 또 하나의 과제는
〈해리 포터와 비밀의 방〉에서 어둠의 마법 방어법 교
수 길더로이 록하트의 교실을 만드는 일이었다. 그 교
실에는 다름 아닌 자기 초상화를 그리는 록하트의 커
다란 그림이 있다. 그림 속 그림은 안토니 반 다이크의
1638년 그림을 연상시킨다. 큰 액자 속의 록하트는 다
른 움직이는 그림들과 똑같은 방식으로 촬영됐다. 처
음에 스튜어트 크레이그와 스테퍼니 맥밀런은 시각효
과로 록하트가 그림에서 교실로 걸어 나오게 하는 것
을 제안했지만, 결국에는 단순히 록하트가 자기 방 계
단에서 거창한 동작으로 걸어 내려와서 그림과 윙크만
주고받는 것으로 결정되었다.

　많은 그림 속 인물이 시리즈 가운데 두 편의 영화에
서 액자 밖으로 도망친다. 〈해리 포터와 아즈카반의 죄
수〉에서는 시리우스 블랙이 호그와트 성에 있다는 소

왼쪽 위: 〈해리 포터와 혼혈 왕자〉에서 펠릭스 펠리시스를 마신 해리 포
터가 아무도 모르게 호그와트를 나가는 장면 스토리보드(스티븐 포리스
트 스미스). 이 장면은 촬영되지 않았다.
오른쪽 위와 27쪽 오른쪽 아래: 신원 미상의 교장.
오른쪽 아래: 〈해리 포터와 아즈카반의 죄수〉에 나올 예정이었지만 안
타깝게 삭제된 캐도건 경 회화 비주얼 개발 그림(올가 두기나와 안드레
이 두긴).
27쪽 오른쪽 위: 톰 리들이 호그와트를 다니고 비밀의 방이 처음 열렸을
때의 교장인 아만도 디핏 교수.
27쪽 왼쪽 위와 왼쪽 아래: 마법 생명체 돌보기 수업 교과서인 《신비한
동물 사전》의 저자 뉴트 스캐맨더.

식에 겁을 먹어서 도망치고, 〈해리 포터와 죽음의 성물
2부〉에서는 호그와트 전투가 벌어지기 때문이다. "대
본의 내용과 감독의 아이디어가 더해져서 나온 결정이
었습니다." 맥밀런이 말한다. 〈해리 포터와 아즈카반
의 죄수〉에서 알폰소 쿠아론 감독은 세밀한 상황들과
달아나는 사람들의 동선을 꼼꼼하게 구성했다. "그런
뒤 미술 감독 해티 스토리가 콘셉트 아티스트와 함께
그 동선을 실현할 계획을 짰고, 많은 인물이 그에 따라
그림에서 그림으로 이동했죠." 이때 원근법을 신중하
게 맞추어야 했다. 에마 노턴이 말한다. "움직임이 아
주 복잡했어요. 비율도 바뀌었고요. 인물들이 서로 다
른 비율 사이를 넘나들었기 때문에 그것들을 하나하나
다 맞추어야 했죠." 열다섯 점의 그림 속 주인공들이
액자 밖으로 도망치는 것은 〈해리 포터와 죽음의 성물
2부〉에서도 비슷했지만, 사람들과 동물들이 액자를 벗
어날 때는 여전히 타이밍에 세심한 주의가 필요했다.
마지막 전투 장면을 위해 빈 액자들과 너덜너덜한 캔
버스가 벽에 걸렸다.

초상화 속 마법사 모델로는 배우와 제작진뿐만 아
니라 영화 제작자와 팀장 들도 참여했다. 스튜어트 크
레이그가 말한다. "덤블도어의 방에는 소품 감독 배
리 윌킨슨의 초상화가 있어요. 대리석 계단에는 제작
자 데이비드 헤이먼과 데이비드 배런의 초상화가 눈에
잘 띄게 걸려 있죠. 제 초상화도 있습니다. 〈해리 포터

왼쪽 위: 신원 미상의 교장.
오른쪽 위: 뚱뚱한 귀부인 역을 맡은 배우 엘리자베스 스프리그스가 〈해
리 포터와 마법사의 돌〉에서 화려한 드레스 차림으로 초상화 모델을 서
고 있다.
오른쪽 아래: 〈해리 포터와 비밀의 방〉에서 길더로이 록하트가 스스로의
초상화를 그리는 그림.
29쪽: 〈해리 포터와 혼혈 왕자〉의 사건이 끝나고 교장실에 걸린 알버스
덤블도어(마이클 갬번)의 초상화.

Albus Percival Wulfric Brian Dumbledore

와 아즈카반의 죄수〉의 감독인 알폰소 쿠아론의 아내
와 아기의 그림도 있고, 미술 감독 알렉스 워커도 있죠.
〈해리 포터와 마법사의 돌〉의 크리스 콜럼버스 감독
도 초상화를 그렸지만 영화에는 나오지 않았어요. 하
지만 멋진 초상화였죠." 호그와트 벽에는 대신 크리스
콜럼버스 감독의 딸인 바이얼릿 콜럼버스의 그림이 걸
렸다. 〈해리 포터와 마법사의 돌〉에서 손에 꽃을 들고
1학년 신입생들에게 무릎을 구부려 인사하는 소녀 그
림이 바로 그것이다.

30쪽 오른쪽 위: 〈해리 포터와 아즈카반의 죄수〉에서 그리핀도르 휴게
실에 걸린 마법사들의 체스 놀이 그림. 프로덕션 디자인, 세트 장식, 미
술 팀이 협력해서 만든 이 그림이 나오는 장면은 영화에서 삭제되었다.
호그와트 벽에 걸려 있는 이 그림 속의 그림들에는 이곳에 소개된 것들
도 있다.
30쪽 왼쪽 위: 신원 미상의 여자 마법사.
30쪽 왼쪽 아래와 오른쪽 아래: 신원 미상의 교장들.
왼쪽 위: 〈해리 포터〉 영화 시리즈의 제작자 데이비드 헤이먼이 모델인
코티스모어 크로인의 초상.
오른쪽 위: 〈해리 포터〉 영화 시리즈의 프로덕션 디자이너 스튜어트 크레
이그가 모델인 헨리 범블퍼프트의 초상. 대리석 계단에 걸렸다.
맨 왼쪽 아래: 크리스 콜럼버스 감독의 딸이 모델인 꽃을 든 소녀.
왼쪽 아래: 〈해리 포터〉 영화 시리즈의 소품 감독 배리 윌킨슨을 모델로
한 《주간 마녀》 창립자 토비아스 미슬소프의 초상.

"해리나 도와줘.
도서관에서 니콜라 플라멜에 대한 자료 조사할 거니까."

헤르미온느 그레인저, 〈해리 포터와 마법사의 돌〉

도서관

〈해리 포터와 마법사의 돌〉에서 해리는 니콜라 플라멜과 마법사의 돌에 대해 자세히 알아보기 위해 투명 망토를 쓰고 호그와트 도서관의 제한구역으로 간다. 도서관 장면을 위해서 제작진은 옥스퍼드 대학의 40개 보들리언 도서관 중 하나인 듀크 험프리 도서관을 촬영지로 선택했다. 듀크 험프리 도서관은 옥스퍼드 대학에서 가장 오래된 도서관으로, 그 역사가 1400년대 중반까지 거슬러 올라간다. 스튜어트 크레이그는 "그 아름다운 도서관에서 촬영하는 일은 아주 힘들었어요"라고 말한다. "촬영 허가를 받는 일조차 그랬어요. 당연한 일이지만 제한 사항이 엄격해서 원하는 대로 카메라 각도를 잡을 수 없을 때가 많았죠. 그래서 다음 편부터는 도서관을 직접 지었어요." 듀크 험프리 도서관은 아주 오래된 책들을 서가의 고정 틀에 사슬로 묶어두는데, 크레이그는 리브스덴 스튜디오에 도서관을 지을 때 이 방법을 모방했다.

해리는 〈해리 포터와 불의 잔〉의 트라이위저드 대회 두 번째 과제 때도 도서관에서 방법을 찾고, 〈해리 포터와 혼혈 왕자〉에서는 헤르미온느와 함께 도서관에 와서 호크룩스에 대한 정보를 찾는 중에 로밀다 베인이 그의 관심을 끌려 한다. 영화 속 도서관의 책들은 목적에 따라 각기 다른 재료로 제작되었다. 스테퍼니 맥밀런이 말한다. "아주 멋진 가죽 책도 만들고 스티로폼 같은 재료로도 책을 만들었어요. 때로는 책이 공중을 날았죠! 높이 쌓인 책 더미들도 있는데, 그 책들은 가벼워야 했어요." 〈혼혈 왕자〉에서는 헤르미온느와 해리가 론에 대해 이야기할 때 책들이 헤르미온느의 손을 떠나 서가에 탁탁 날아가 꽂히는 장면이 있는데, 이 장면에는 단순한 특수효과가 사용됐다. 에마 왓슨이 책을 내밀면 그린스크린 장갑을 낀 스태프가 서가 뒤에서 손을 내밀고 있다가 책을 받아서 서가에 넣은 것이다. 손은 이후에 디지털로 삭제되었다.

위: 〈해리 포터와 불의 잔〉 콘셉트 아트(앤드루 윌리엄슨).
아래: 〈해리 포터와 마법사의 돌〉에서 제한구역을 살피는 해리.
33쪽: 〈해리 포터와 혼혈 왕자〉의 한 장면. 그린스크린 장갑을 낀 스태프들이 책을 잡으려고 손을 뻗고 있다. 이 손은 나중에 디지털로 삭제되었다.

사용자: 핀스 선생, 학생들

촬영 장소: 잉글랜드 옥스퍼드셔주 옥스퍼드 대학 내 보들리언 도서관에 속한 듀크 험프리 도서관, 리브스덴 스튜디오

영화 속 등장: 〈해리 포터와 마법사의 돌〉, 〈해리 포터와 비밀의 방〉, 〈해리 포터와 불의 잔〉, 〈해리 포터와 혼혈 왕자〉

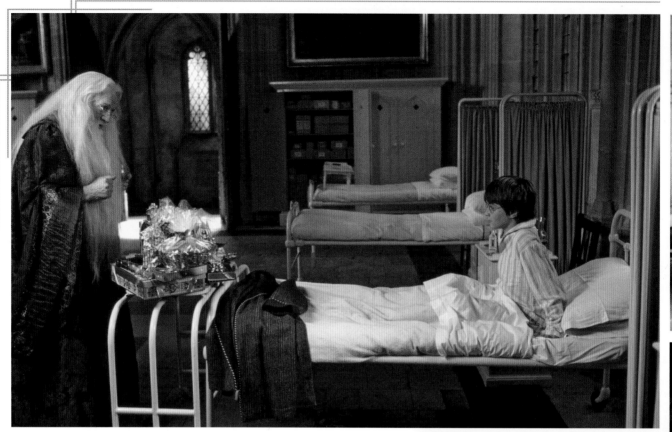

"폼프리 선생님이 있는 병동에 가서
치료 받으셔야 돼요."

해리 포터, 〈해리 포터와 혼혈 왕자〉

병동

호그와트 도서관처럼 〈해리 포터와 마법사의 돌〉과 〈해리 포터와 비밀의 방〉의 병동
장면도 옥스퍼드 대학 보들리언 도서관에서 촬영됐는데, 이번 장소는 신학교였다. 역
시 15세기 말에 지어진 신학교 건물의 천장은 리에르느 공법으로 부채꼴 무늬를 장식
한 대표적인 예다.

　〈해리 포터와 아즈카반의 죄수〉에서는 리브스덴 스튜디오에 병동을 지으면서 구조
를 약간 바꾸었다. 병동은 이제 복도로 연결되고, 그 끝에 시계탑 추의 윗부분이 보인
다. 상들리에 조명도 추가되었다. 침대는 8개가 있고, 침대 끝마다 호그와트 문양을 찍
은 종이에 환자의 상태를 적은 클립보드가 걸려 있다. 약장에 가득한 알약과 물약의 약
병 상표는 모두 그래픽 팀에서 만들었다. 병동은 〈해리 포터와 혼혈 왕자〉에서도 변하
지 않는다. 해리가 날린 섹툼셈프라 저주로 다친 드레이코가 그곳에서 치료를 받고, 해
리가 받았어야 할 사랑의 묘약을 잘못 먹은 론 또한 병동으로 온다.

　예리한 관객이라면 〈해리 포터와 불의 잔〉에서 맥고나걸 교수가 크리스마스 무도
회에 앞서 그리핀도르 학생들에게 왈츠를 가르치던 방이 병동을 개조한 곳임을 알아
볼 수도 있을 것이다.

34~35쪽, 왼쪽 위부터 시계방향으로: 〈해리 포터와 마법사의 돌〉 스틸 사진./〈해리 포터와 아즈카반의 죄수〉
에서 타임 터너를 사용하려고 하는 해리와 헤르미온느./소품 시계./〈해리 포터와 아즈카반의 죄수〉에 나오는 병
동 세트.

사용자: 폼프리 선생, 병에 걸리거나 다친 학생들

촬영 장소: 잉글랜드 옥스퍼드셔주 옥스퍼드 대학 보들리언 도서관 내 신학교, 리브스덴 스튜디오

영화 속 등장: 〈해리 포터와 마법사의 돌〉, 〈해리 포터와 비밀의 방〉, 〈해리 포터와 아즈카반의 죄수〉, 〈해리 포터와 혼혈 왕자〉

"5층의 반장 전용 욕실 알지?
거기 가서 목욕 좀 해.
황금 알을 보며 욕조에서 연구 좀 해봐."

세드릭 디고리, 〈해리 포터와 불의 잔〉

반장 전용 욕실

극적인 배경이 되는 장소가 많은 호그와트에서도 욕실과 화장실 들은 유난히 두드러진다. 한 화장실은 〈해리 포터와 비밀의 방〉에서 비밀의 방으로 가는 통로가 되고, 〈해리 포터와 혼혈 왕자〉에서는 해리 포터와 드레이코 말포이가 또 다른 화장실에서 격렬한 대결을 벌인다. 가장 화려한 곳은 〈불의 잔〉에 등장하는 반장 전용 욕실이다. 트라이위저드 대회의 두 번째 과제가 다가올 때 해리는 과제에 필요한 핵심 정보를 얻기 위해 커다란 황금 알이 내는 괴성을 해석해야 하는데, 그때 해리와 함께 호그와트 대표 선수로서 경기를 치르는 세드릭 디고리가 반장 전용 욕실에 알을 가지고 가서 목욕을 하라는 알쏭달쏭한 조언을 한다.

스튜어트 크레이그에게 이런 장소는 프로덕션 디자이너로서의 꿈을 실현할 수 있는 곳이다. 욕실에는 거울과 창문이 있기 때문이다. 그는 웃으며 이들을 "아주 매력적이고, 정말로 마법을 부리는" 것들이라고 말한다. "창문과 거울은 빛을 반사하거나 통과시켜서 차원을 한 겹 더 추가하거든요. 궁극의 무기가 될 수 있는 효과죠." 반장 욕실에 있는 3개의 고딕풍 창문 중 가운데에는 아름다운 인어가 움직이는 스테인드글라스가 있다. 콘셉트 아티스트 애덤 브록뱅크가 디자인한 이 스테인드글라스의 인어는 머리를 빗으면서, 초대하지 않은 손님 울보 머틀과 함께 해리가 두 번째 시험의 수수께끼를 푸는 모습을 지켜본다. 웬만한 방 크기인 욕조의 3층짜리 수도꼭지들에서는 파란색과 빨간색과 노란색 물이 쏟아진다. 수십 개의 수도꼭지는 튼튼하게 만들기 위해 놋쇠를 모래틀에 부어서 주조했다.

> 사용자: 반장들, 울보 머틀
> 촬영 장소: 리브스덴 스튜디오
> 영화 속 등장: 〈해리 포터와 불의 잔〉

왼쪽: 반장 욕실의 스테인드글라스 콘셉트 아트(애덤 브록뱅크).
오른쪽: 〈해리 포터와 불의 잔〉의 반장 전용 욕실.

사용자: 필요한 사람들

촬영 장소: 리브스덴 스튜디오

영화 속 등장: 〈해리 포터와 불사조 기사단〉, 〈해리 포터와 혼혈 왕자〉, 〈해리 포터와 죽음의 성물 2부〉

위: 필요의 방 세트.
오른쪽: 〈해리 포터와 죽음의 성물 2부〉에 등장하는 필요의 방 콘셉트 아트(앤드루 윌리엄슨).
아래: 필요의 방 문 도면.

필요의 방

찾기가 쉽지 않은 신비한 필요의 방은 〈해리 포터와 불사조 기사단〉에서 해리 포터가 덤블도어의 군대와 함께 방어 마법을 연습할 장소를 찾을 때 처음 등장한다. 덤블도어의 군대는 볼드모트 경에 맞서 싸울 힘을 키우고자 학생들이 직접 꾸린 모임이다. 수수께끼 같은 오랜 역사를 지닌 필요의 방은 그것을 필요로 하는 사람만이 발견할 수 있으며, 방의 모습도 찾는 사람의 필요에 따라 변한다. 필요의 방은 호그와트 성의 고딕풍 건축 양식에 따라 천장이 높고 둥근 구조로 제작되었다. 천장의 아치는 아래로 내려와서 공중에 뜬 기둥을 이룬다. 하지만 스튜어트 크레이그는 학생들이 강조되어야 한다고 생각해 책에 나오는 모든 요소를 넣지는 않았다. 크레이그가 "중립적 공간"이라고 부르는 이 방은 거울에 둘러싸여 있다. "거울이 학생들과 그들의 필요를 비춰준다는 점에서 적절하다고 생각했어요. 영상적으로도 반사된 형태는 여러 가지 흥미로운 그림을 만들죠." 배우 매슈 루이스(네빌 롱보텀)는 그 세트가 "호그와트의 지하 격투기장" 같다고 말한다.

크레이그는 거울에 둘러싸인 방에 조명을 설치하는 일이 "엄청나게 어려웠"다고 말한다. "거울이 카메라와 스태프뿐 아니라 모든 조명을 반사하기 때문에 아주 조심해야 했어요." 이 문제를 해결하기 위해 거울의 각도를 조절하고 반사를 줄이는 스프레이를 뿌린 크레이그는, 촬영 감독 슬라보미르 이지악과 이야기를 나눈 후에 아주 기발한 해법을 찾았다. "우리는 바닥 조명 시스템을 만들어서, 아래쪽 창살 밑에서 조명을 비춰 올렸어요." 이렇게 하면 조명이 눈에 띄지 않을 수 있었지만, 문제는 사람들 신발 밑까지 비춘다는 점이었다. 크레이그는 이를 해결하기 위해 모든 신발 굽을 검은 벨벳으로 감쌌다. 바닥 색깔이 검어서 발생한 또 하나의 문제를 해결하기 위해 그 방에 들어가는 모든 제작진은 청색 플라스틱 슬리퍼를 신어야 했다. 세트에 발자국을 남기지 않기 위해서였다.

영화에서 필요의 방 세트는 때로 다른 공간으로 변했다. 〈불의 잔〉에서는 유리 캐비닛들이 공중에 뜬 기둥을 받치는 트로피 전시실이 되었고, 〈해리 포터와 혼혈 왕자〉에서는 슬러그혼 교수의 방이 되어서 4개의 이오니아식 기둥 기단이 천장에서 내려온 기둥들을 받쳤다. 또 다른 설정에서 이 방은 그래픽디자이너 미라포라 미나와 에두아르도 리마가 〈해리 포터와 아즈카반의 죄수〉에서 처음 도둑 지도를 만들었을 때 모두의 눈에 평범한 방으로 보였다. 미나와 리마는 학교의 복잡한 구조를 보여주기 위해, 책에 나온 호그와트의 건축 양식과 세트의 원래 청사진을 연구했다. "하지만 그런데도 실수

"네가 필요의 방을 찾아냈어, 네빌!"

헤르미온느 그레인저, 〈해리 포터와 불사조 기사단〉

를 했어요." 미나는 회상한다. 누군가가 마침내 발견하고 새로운 디자인을 덧입힐 때까지 필요의 방은 도둑 지도에 있는 디자인의 일부였다.

필요의 방은 〈해리 포터와 혼혈 왕자〉에서 본래의 모습으로 나타난다. 해리는 그곳에 〈고급 마법약 제조〉 책을 감추고 드레이코 말포이는 사라지는 캐비닛을 숨기는데, 드레이코가 숨긴 캐비닛은 죽음을 먹는 자들이 호그와트로 들어오는 통로가 된다. 이런 식으로 필요의 방은 수세기 동안 사람들이 숨기고 싶은 물건을 버려두는 장소가 된다. 크레이그는 이 방을 장식할 때 높은 천장을 강조하고 싶지 않았다. "유리 캐비닛을 다시 기둥 아래에 넣었는데, 그러자 바닥에 물건을 산더미처럼 쌓아올릴 수 있는 구조가 되어서 실내 장식이 중요해졌어요." 다행히 세트 장식가 스테퍼니 맥밀런과 미술 팀이 그때까지의 시리즈 전편 소품을 만들고 간직해 왔기 때문에 그 공간을 채울 물건은 넉넉했다. 예리한 눈을 가진 관객이라면 마법사의 돌을 지키던 마법사 체스 세트와 스네이프가 〈아즈카반의 죄수〉에서 사용한 영사기를 발견할 수 있다.

〈해리 포터와 죽음의 성물 2부〉에서 필요의 방은 교장 스네이프와 새로 부임한 교수 캐로 남매에게 쫓겨난 네빌 롱보텀 등 여러 학생의 기지가 된다. 뼈대만 남고 거의 모든 것을 비워낸 방 안에는 가구 몇 점과 기둥에 건 해먹들만 남는다. 다시 한번 유리 캐비닛이 아래로 늘어진 기둥들을 받치는데, 이번에는 캐비닛 안이 비어 있다. 나중에 해리는 볼드모트의 호크룩스가 된 래번클로의 보관을 찾아 필요의 방으로 돌아온다. 영화 최종 편의 화려한 액션 장면이 펼쳐질 때, 방은 다시 한번 쓰레기 더미로 가득 차 있다. 이번에는 방의 높이가 효과적으로 작용했고, 크레이그와 맥밀런은 발 디딜 틈이 거의 없을 만큼 빼곡히 내부를 채웠다. 이번만큼은 아끼는 게 이득이 아니었

오른쪽, 아래: 필요의 방의 많은 물품들 가운데에는 소망의 거울과 루핀 교수가 리디큘러스 수업에 사용한 레코드플레이어도 있다.
41쪽 위: 〈해리 포터와 죽음의 성물 2부〉에서 불길에 휩싸인 필요의 방 콘셉트 아트.
41쪽 중간과 아래: 쫓겨난 학생들을 위한 해먹이 설치된 필요의 방 콘셉트 아트와 사전 스케치.

다. "그렇게 거대하고 복잡한 더미에서 작은 보관을 찾는다는 사실이 그 일을 더욱 불가능해 보이도록 만들죠." 크레이그는 작은 스티로폼 블록들로 모형을 만들고 그에 따라 방을 "조각"하는 방법으로 그같은 "산더미 풍경"을 만들었다. 그런 뒤 장난감 가구들로 더 큰 모형을 만들었는데, 스테퍼니 맥밀런은 "데이비드 예이츠 감독이 와서 모형을 보더니 탈출 경로를 20미터 더 만들라고" 지시했다고 말한다. "그래서 장난감 가구를 너 넣었죠. 그렇게 채워 넣은 작은 장난감 가구들만큼 진짜 가구를 사야 했다고 생각해 보세요!"

수천 점의 가구로 방을 채우기 위해 맥밀런은 장면 촬영 몇 달 전부터 추가 가구들을 사들였고, 스튜디오의 물건들도 채워 넣어서 "13개의 산"이라고 이름 붙인 물건 더미들을 만들었다. 시리즈 초기에 쓴 가구들도 그 더미에 들어갔다. "책상이 36개 있었어요. 연회장의 테이블, 벤치, 교수 의자도 다 들어갔죠. 트로피 캐비닛, 2편에 나온 체스 말들. 슬러그혼 파티의 파티복들도 있어요." 맥밀런은 이렇게 꾸민 세트 안을 거닐며 물건들 바라보기를 즐겼다. "그런 뒤에도 속임수를 썼어요." 스튜어트 크레이그는 고백한다. "더미를 더 크게 부풀리기 위해 중앙에 커다란 합판 상자들을 놓고, 가구는 그 위에 한두 겹 정도로 얹었죠." 컴퓨터로 창조된 이미지들이 공간을 더욱 확장해 보다 많은 물건들로 내부를 채웠다. 어느 충격적인 장면에서 악마의 불은 방을 집어삼키고 유물들을 파괴하고 안에 있던 해리, 론, 헤르미온느를 위협한다. 용, 뱀, 늑대의 형상을 한 불길이 디지털 작업으로 만들어졌다. 세 사람은 빗자루를 타고, 불타는 책상 및 의자 더미 꼭대기에 올라가 있는 드레이코 말포이와 블레이즈 자비니를 구한다.

사용자: 호그와트 학생과 교수

촬영 장소: 리브스덴 스튜디오

영화 속 등장: 〈해리 포터와 혼혈 왕자〉

천문탑

천문탑은 〈해리 포터와 혼혈 왕자〉에서 해리 포터와 알버스 덤블도어가 가짜 호크룩스 로켓을 찾고 나서 순간이동했을 때, 호그와트 촬영용 모형에 처음 등장한다. 이곳에서 드레이코 말포이가 호그와트에 들여놓은 죽음을 먹는 자들과의 대결이 이루어지고, 결국 덤블도어가 죽는다. 탑은 〈해리 포터와 죽음의 성물 2부〉에서 해리와 볼드모트가 싸울 때 폐허 속에 다시 모습을 보인다. 크레이그가 말한다. "우리는 항상 이리저리 옮기고, 확장하고, 발전시켰다가 사라지게 해요. 시리즈가 이어지는 동안 계속 고치고 변화시키는데, 대개는 대본의 요구 때문이죠." 크레이그는 아마도 호그와트 성에는 처음부터 천문탑이 있었겠지만 "영화 대본에 없어서 초기 영화에는 나타나지 않았다"고 말한다. 〈혼혈 왕자〉의 호그와트 모형에서는 천문탑이 〈아즈카반의 죄수〉에서 시리우스 블랙이 갇혀 있던 탑과 같은 장소에 자리했다(그 탑은 영화가 끝난 뒤 없어졌다).

천문탑이 등장하면서 크레이그는 다시 학교의 실루엣을 개선할 기회를 얻었다. "1편의 호그와트는 여러 장소의 혼합이었어요. 거기에 천문탑을 더하면서 외관이 훨씬 좋아졌죠. 이제 호그와트는 꿈결 같은 첨탑과 탑들을 갖춘 성이에요. 보다 과장되고 극적인 실루엣을 갖추면서 더욱 만족스러운 모습이 됐죠."

높이가 100미터가량인 천문탑은 호그와트에서 가장 높은 탑인 동시에 가장 좁은 탑이기도 하다. "탑의 내부는 이미 등장한 적이 있어요. 초기에 천문학 교실로요." 크레이그는 〈해리 포터와 아즈카반의 죄수〉에서 루핀 교수가 해리에게 패트로누스 주문을 가르친 방을 언급하며 설명했다. "하지만 새로운 천문탑은 강렬해야 했고, 정교한 건축이 필요했어요." 천문탑은 실제로는 여러 개의 탑으로 이루어졌다. "본 탑에 부속 탑들이 딸려 있어요. 건·축적으로 흥미로운 구조죠. 한 공간에 있지만 세 공간이 합쳐진 듯 보여요." 탑에는 대형 과학 기구, 거울, 천구본,

사람도 들어갈 만큼 큰 망원경이 가득하다. 망원경은 영화를 위해 만든 가장 비싼 소품 중 하나였다. 크레이그는 덤블도어의 방과 흡사하게 탑에 3개의 원으로 이루어진 구조들을 넣었다.

42~43쪽, 왼쪽 위부터 시계방향으로: 덤블도어와 해리 포터가 슬리데린의 로켓을 찾아 떠나기 전에 대화하는 장면 그림(앤드루 윌리엄슨)./〈해리 포터와 혼혈 왕자〉에서 덤블도어가 운명을 기다리고 있다./죽음을 먹는 자들이 탑을 오르는 모습./떠나는 폭스를 바라보는 해리, 론, 헤르미온느.

"암호?"

뚱뚱한 귀부인,
〈해리 포터와 마법사의 돌〉

그리핀도르 휴게실

스튜어트 크레이그는 그리핀도르 휴게실에 "(쿠션을 직접 디자인한) 낡은 소파와 낡은 카펫, 거대한 벽난로로 따뜻하고 편안한 느낌을 주고자" 했다. 크레이그는 특히 벽난로를 강조했다. "벽난로는 매우 중요해요. 해리는 이전까지 이모네 집에서 힘들게 살았거든요. 휴게실은 해리가 태어나서 처음 경험하는 집처럼 안온한 공간이에요. 화려한 태피스트리로 감싼 벽난로와 붉은색 계열로 장식한 이 방은 거의 어머니 배 속처럼 포근한 느낌을 주죠."

그는 책에서 설명이 부족한 부분을 채우기 위해 다양한 시대의 건축과 장식을 연구하는 팀을 만들었다. 휴게실을 장식하는 붉은색과 황금색 태피스트리는 연구 팀의 실리아 바넷이 발굴한 것이다. 크레이그가 말한다. "실리아가 내게 파리 클뤼니 박물관에 있는 이 멋진 진홍색 태피스트리를 보여줬어요. 아름다운 프랑스 여성과 유니콘이 그려진 태피스트리였죠. 우리는 박물관에 그것을 복제해도 좋을지 허락을 구했어요." 박물관은 기쁘게 허락

맨 위, 중간: 석조 성과 대조되는 따뜻한 분위기의 휴게실 모습을 담은 스틸 사진들.
아래, 45쪽: 그리핀도르 휴게실은 시리즈 내내 변하지 않은 얼마 되지 않는 세트 가운데 하나다.

하며 15세기 작품 〈숙녀와 유니콘〉의 슬라이드를 주었고, 디자인 팀이 그것을 디지털로 옮겼다.

스테퍼니 맥밀런이 말한다. "몇 가지 변화만 빼면 휴게실은 시리즈 내내 변하지 않았어요." 휴게실에 늘 있던 소품 하나는 그래픽 팀에서 만든 마법사 만화책 《미친 머글 마틴 믹스의 모험》이었다. 안내판의 공지 사항은 해마다 바뀌었고, 《이러쿵저러쿵》 잡지와 《예언자일보》 최신 호도 여기저기 흩어져 있다. 〈해리 포터와 아즈카반의 죄수〉에서 알폰소 쿠아론 감독은 휴게실에 움직이는 초상화를 두자고 제안했다. "그래서 옛 그리핀도르 담임 교수들의 초상화와 작은 퀴디치 유화를 만들고, 마법사들이 카드놀이를 하는 호가스풍 그림도 그렸죠." 맥밀런은

휴게실을 '본거지'라고 칭했다. 영화의 모든 시리즈가 마무리되어 갈 무렵에 "휴게소와 기숙사를 결합한 세트가 파괴되었을 때는 '이런, 집이 없어졌어' 하는 느낌이었어요"라고 맥밀런은 말한다.

사용자: 그리핀도르 학생들

영화 속 등장: 〈해리 포터와 마법사의 돌〉, 〈해리 포터와 비밀의 방〉, 〈해리 포터와 아즈카반의 죄수〉, 〈해리 포터와 불의 잔〉, 〈해리 포터와 불사조 기사단〉, 〈해리 포터와 혼혈 왕자〉

그리핀도르 남학생 기숙사

46~47쪽: 시리즈 내내 따뜻하고 즐거운 분위기를 자아낸 남학생 기숙사 스틸 사진들.

47쪽 왼쪽 아래: 안경, 교과서, 지팡이, 도둑 지도가 놓인 해리의 침대 옆 탁자.

아래: 둥근 형태를 한 기숙사 도면.

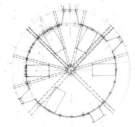

스튜어트 크레이그는 그리핀도르 남학생 기숙사 역시 친밀한 공간으로 만들고자 했다. 그는 "해리의 불안한 심리는 영화의 중요 주제 가운데 하나였다"고 말하며 "기숙사와 해리의 사주식 침대를 디자인할 때 우리는 이곳이 해리의 피난처라는 사실을 깊이 유념했어요"라고 말했다. "해리에게 기숙사는 어느 곳보다 편안한 공간이에요. 그래서 이곳을 일부러 작게 만들었죠. 침대에 커튼을 달아 그를 감싸도록 했는데, 호그와트의 거대함과 대조되는 안온함이 느껴지죠." 꼭대기에 로마 숫자를 새긴 침대틀은 "중간에서 어두운 계열의 참나무"로 만들어졌는데, "영국 학교 가구의 표준 같다"고 스테퍼니 맥밀런은 말한다. 커튼은 당연히 그리핀도르를 상징하는 진홍색 천에 금색으로 마법과 천문학의 상징과 이미지가 찍힌 것으로 하고자 했는데, 그런 물건을 찾아 몇 주 동안 골동품 상점과 포목점을 뒤졌지만 헛수고일 뿐이었다. 결국 그 천을 직접 만들기로 한 맥밀런은 마지막 순간에 런던의 한 가게에서 원하던 디자인을 발견했다. 하지만 약간의 문제가 있었다. "디자인은 제가 원하는 것이었는데, 안타깝게도 보라색이었어요. 정확히 말하면 회보라색이었죠." 맥밀런이 가게 주인에게 무늬는 마음에 들지만 색이 마음에 들지 않는다고 말하고 나가려고 하자 주인이 "어떤 색깔을 원하시나요?"라고 물었고, 이후에 그리핀도르 기숙사 색깔인 진홍색 커튼 재료를 구해주었다.

방 가운데의 주물 난로는 맥밀런이 다른 영화에서 이미 사용해 본 경험이 있는 프랑스 회사 고댕의 제품이다. 침대 옆 테이블들에는 저마다의 관심사를 반영하는 물건들이 놓였다. 퀴디치 팀 처들리 캐넌스의 열혈 팬론 위즐리의 테이블에는 그 팀의 포스터와 페넌트, 퀴디치 잡지 《주간 수색꾼》이 놓였다. 네빌 롱보텀은 식물에 대한 책들을, 아일랜드인인 셰이머스 피니건은 아일랜드의 상징인 클로버를 테이블에 두었다. 〈해리 포터와 불의 잔〉에서 셰이머스는 "아일랜드 퀴디치 대표 팀을 응원했고, 그래서 퀴디치 월드컵이 끝났을 때 그의 테이블에 관련 기념품을 놓았다"고 스튜어트 크레이그는 말한다. 청소년 시기와 관련 있는 물건들은 (톨리판 여드름 연고와 퍼거스 무좀약까지) 그래픽 팀에서 만들었다. 시리즈가 거듭되는 동안 배우들은 자라났지만, 침대는 애초의 175센티미터 크기 그대로였다. 영화를 찍을 때는 카메라 조작으로 침대 매트리스 밖으로 튀어나온 발을 감추었다.

"우리가 말포이랑 말할 동안
진짜 크래브랑 고일이 못 오게 따돌려야 돼."

헤르미온느 그레인저, 〈해리 포터와 비밀의 방〉

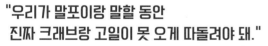

위: 드레이코 말포이(오른쪽 위)에게 접근하기 위해 폴리주스 마법약을 마시고 크래브와 고일로 변신한 해리와 론.
오른쪽: 호수에 굴절된 빛이 들어오는 슬리데린 휴게실 모습. 앤드루 윌리엄슨 그림.

슬리데린 휴게실

〈해리 포터와 비밀의 방〉에서는 슬리데린 소속 학생 드레이코 말포이와 그의 두 친구 크래브와 고일이 사용하는 휴게실이 나온다. 이곳은 모든 면에서 그리핀도르 휴게실과 대조되는데, 높은 탑에 기거하는 그리핀도르 학생들과 달리 슬리데린의 휑뎅그렁한 휴게실은 호수 아래에 위치한다. 스튜어트 크레이그는 그 방에 "단단한 바위를 파서 만든" 것처럼 강하고 억센 느낌을 주고자 했다. 요르단의 페트라 보물 창고 유적지처럼, 슬리데린 휴게실은 하나의 돌을 깎아 만든 듯한 모습을 보인다. 크레이그가 이 방에 적용한 건축 스타일은 성의 다른 부분들보다 더 과거 시대의 것이다. "중세 초기인 노르만 또는 로마네스크 양식과 비슷해서 다른 곳들과 약간 느낌이 다르

죠. 하지만 그런 느낌은 무의식적으로 감지될 뿐이에요." 스테퍼니 맥밀런은 이 천장 높은 지하 감옥 같은 방을 슬리데린을 상징하는 은색과 녹색으로 꾸몄다. "검은 가죽 소파를 놓고, 벽에는 붉은색을 모두 뺀 녹색과 청색 태피스트리들을 걸었어요." 덕분에 물속 같은 느낌이 물씬 나는 이 휴게실은 뱀 무늬를 새긴 은 제품들로 장식됐다. 벽난로는 그리핀도르의 벽난로 못지않게 크지만 불이 타오르지 않아 차갑고 어두운 느낌을 준다.

사용자: 슬리데린 학생들
촬영 장소: 리브스덴 스튜디오
영화 속 등장: 〈해리 포터와 비밀의 방〉

CHAPTER 2
호그와트 교정

호그와트 교정

호그와트 성은 크고 조용한 호수, 어둡고 무서운 숲, 깊은 계곡, 높은 산에 둘러싸여 있다. "J.K. 롤링은 호그와트가 스코틀랜드에 있다는 말은 딱히 하지 않았"다고 프로덕션 디자이너 스튜어트 크레이그는 말한다. "하지만 우리는 일찍부터 영화의 배경이 스코틀랜드라고 생각했어요. 스코틀랜드 고원 지대는 영국에서 손꼽히는 웅장한 풍경이죠. 그래서 우리는 스코틀랜드에 가서 가장 웅장하고 멋진 장소를 찾아봤어요. 그리고 스코틀랜드에서 가장 높은 고개인 글렌코를 발견했죠. 그곳의 산들은 눈부시고 계곡과 강은 아름다워요. 우리는 고원 지대에서 실 호수와 래녹 습지, 포트 윌리엄을 발견했어요." 그는 장소 섭외 담당자 키스 해처와 함께 이곳을 포함한 스코틀랜드의 여러 지역을 조사했다. 크레이그는 그곳이 "세상이 본래 어떤 모습이어야 하는지를 보여주는 듯" 했다고 말한다. "우리는 첫 선택이 옳다는 것을 증명하기 위해서 더 넓게 탐색해 보았어요. 그리 오래 걸리지는 않았죠."

제2제작진은 〈해리 포터와 마법사의 돌〉 촬영 전에 몇 차례 스코틀랜드에 가서 설정 숏과 배경 숏을 위한 사진을 찍었다. 그리고 영화계의 전통에 따라 이야기를 위해 장소들을 조작했다. "스코틀랜드의 최상의 요소들은 한곳에 모여 있지 않아요. 그래서 그것들을 강제로 합쳤죠. 호수가 없는 곳에 호수를 만들고, 산이 없는 곳에 산을 만들었어요. 이 각기 다른 장소들로 이상적이고, 아름답고, 극적인 풍경을 만들었죠." 크레이그의 설명이다.

외부 촬영이 상당히 많이 필요했던 〈해리 포터와 아즈카반의 죄수〉 때에는 출연진과 스태프가 처음으로 제1제작진과 함께 스코틀랜드 곳곳에서 촬영을 진행했다. 〈아즈카반의 죄수〉의 알폰소 쿠아론 감독은 "호그와트는 스코틀랜드 고원 지대에 있어야만" 한다고 말한다. "런던 주변의 평탄함이 아니라 오르락내리락 하는 산지가 느껴져야 하거든요. 우리는 스코틀랜드에 가서 3주 동안 촬영하면서 호그와트 주변 환경을 담으려고 노력했어요. 스튜어트 크레이그가 고군분투하며 노력한, 중요한 일이었죠. 크레이그는 영화에 꼭 맞는 멋진 장소들을 찾아냈어요." 이만한 규모와 내용의 영화에서 교사와 인솔자가 필요한 어린 배우들을 데리고 촬영하기란 보통 어려운 일이 아니었다. 크레이그가 회상한다. "그리고 비가 많이 왔어요. 오고, 오고, 또 왔죠. 그래서 시간이 길어지고 비용이 늘어났어요."

그 후로는 그만한 대규모 현지 촬영은 없었지만, 제2제작진은 계속 스코틀랜드에 가서 배경을 촬영해 그린스크린 앞에서 찍은 장면들에 합성했다. 제작진은 이런 현지 사진과 영상 촬영분을 디지털 데이터베이스에 저장해 두고 규칙적으로 활용했다. 크레이그가 말한다. "우리는 모든 것을 정성껏 골랐어요. 최고의 호수, 가장 멋진 산 고개, 최고의 계곡과 숲을요. 그리고 이 모두를 합쳤죠. 그렇게 해서 강력한 이미지 조합을 이루었어요."

52~53쪽, 왼쪽 위부터 시계방향으로: 트라이위저드 대회 첫 번째 과제에 사용한 경기장 최종 합성 이미지./〈해리 포터와 아즈카반의 죄수〉 제작 당시 다리의 모습을 탐구한 밑그림./〈해리 포터와 아즈카반의 죄수〉에 나오는 해그리드의 오두막./〈해리 포터와 아즈카반의 죄수〉 촬영 한참 전부터 짓기 시작한 지붕 덮인 다리./〈해리 포터와 혼혈 왕자〉에 나오는 퀴디치 경기장

금지된 숲

어두운 숲이라고 부르건 금지된 숲이라고 부르건, 스튜어트 크레이그는 〈해리 포터〉 영화 속 숲을 그 자체로 하나의 캐릭터라고 생각했다. 〈해리 포터와 마법사의 돌〉에서 처음 나오는 숲 장면은 잉글랜드 버킹엄셔주 블랙 파크에서 촬영됐다. 크레이그에 따르면 "비용도 적절하고 편리"하게 진행된 촬영이었다. 하지만 해리가 죽은 유니콘 앞에서 켄타우로스를 만나는 장면은 세트였고, 그 뒤로 〈불의 잔〉을 제외한 모든 금지된 숲 장면은 스튜디오 세트에서 촬영되었다.

크레이그는 "진짜 숲에는 우리가 원하지 않는 것, 이야기에 도움이 되지 않는 것들이 가득하다"고 말한다. "그래서 가짜 숲이 진짜 숲보다 활용 가능성이 높죠." 세트를 사용한 또 한 가지 이유는 숲 장면에서 자주 등장하는 동물 배우들 때문이었다. 〈마법사의 돌〉을 촬영할 때는 숲에 부드러운 이끼를 깔아 동물들이 안전하게 다닐 수 있도록 하고, 해그리드의 반려견 팽을 연기하는 동물 배우의 예민한 발바닥을 보호했다.

〈해리 포터와 비밀의 방〉에서 숲은 "더욱 환상적이 되었"다. "숲을 진실에 토대해 과장되게 표현했어요. 나무와 뿌리의 형태, 심지어 아라고그와 애크로맨툴라 은신처까지 모든 것을 매우 현실적이지만 몹시 과장된 크기로 연출했죠." 크레이그는 숲 깊숙이 들어갈수록 모든 게 더 크고, 강렬하고, 섬뜩하고, 무서워진다고 설정했다. "외곽은 상대적으로 정상적이지만 안으로 들어갈수록 더 크고 무섭고 신비로워져요. 안개마저 짙어지죠." 〈해리 포터 아즈카반의 죄수〉 촬영을 위해 셰퍼턴 스튜디오에 금지된 숲을 지었는데 그곳에는 실제 얼어붙은 호수가 있었다.

크레이그는 〈해리 포터와 불사조 기사단〉에서 금지된 숲을 다시 만들었다. "우리는 어떻게 이 숲을 발전시킬 수 있을지, 어떻게 해야 더 흥미롭게 만들 수 있을지를 늘 생각했어요." 그는 〈비밀의 방〉에 나온 아라고그의 굴과 그 굴을 덮은 거대한 뿌리에서 아이디어를 얻었다. "그 뿌리들을 더욱 크게 키우고 모양을 변형시켰죠." 크레이그는 맹그로브 습지에서 맹그로브 나무들이 얽히고설킨 뿌리 위에 서 있는 모습을 생각했다. "마치 손가락들이 나무줄기를 받치고 있는 것 같은 모습인데 아주 멋져요. 맹그로브들은 그렇게 키가 크지 않지만 우리는 나무들을 4~5미터 크기로 만들었죠. 캘리포니아 북부의 삼나무들보다도 크게요." 나무는 갈색 바탕색을 칠한 다음 '나무껍질'에 더 어두

위: 금지된 숲 나무들 틈으로 바라본 후려치는 버드나무.
아래, 55쪽 아래: 해리, 론, 팽이 거미줄투성이 아라고그의 굴에 들어가는 장면을 묘사한 더멋 파워의 그림.

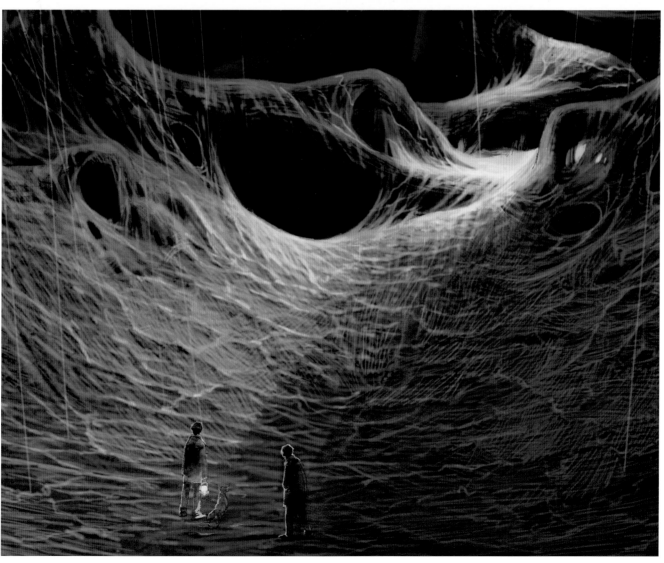

사용자: 켄타우로스, 유니콘, 애크로맨툴라 등의 동물들

촬영 장소: 잉글랜드 버킹엄셔주 블랙 파크, 잉글랜드 칠턴 힐스 하트퍼드셔주 애시리지의 프리스덴 너도밤나무 숲, 리브스덴 스튜디오

영화 속 등장: 〈해리 포터와 마법사의 돌〉, 〈해리 포터와 비밀의 방〉, 〈해리 포터와 아즈카반의 죄수〉, 〈해리 포터와 불의 잔〉, 〈해리 포터와 불사조 기사단〉, 〈해리 포터와 혼혈 왕자〉, 〈해리 포터와 죽음의 성물 2부〉

위: 금지된 숲 세트에 서 있는 데이비드 예이츠 감독.

오른쪽: 〈해리 포터와 마법사의 돌〉에서 해리 포터와 드레이코 말포이가 다친 유니콘을 찾고 있다.

운 갈색을 스펀지로 문질러 질감을 표현했다. 나무에 부스스한 느낌을 주기 위해 마른 붓 그림 기술이 사용됐고 이것이 효과를 더했다. 페인트에 물을 섞어서 뿌리고, 마지막으로 색깔을 넣은 톱밥으로 만든 인공 이끼를 지정된 곳에 발랐다. 이끼를 고정시키기 위해(항상 북쪽에 위치) 나무에 접착제를 바른 다음 인공 이끼를 날려 보냈다.

〈해리 포터와 죽음의 성물 2부〉 때는 파인우드 스튜디오에 가로 3미터, 높이 12미터짜리 나무 60그루를 조성했다. 그때까지 나온 금지된 숲 가운데 가장 큰 숲이었다. 나무들이 커졌을 뿐만 아니라, 땅을 덮은 풀들도 더 짙어지고 무성해졌다. 〈죽음의 성물 2부〉를 찍을 때 숲 장면에 쓰인 배경 그림의 길이는 180미터에 이르렀다.

"신입생들은 잘 들으세요.
금지된 숲은 모든 학생의 출입을 엄금하고 있죠."

덤블도어 교수, 〈해리 포터와 마법사의 돌〉

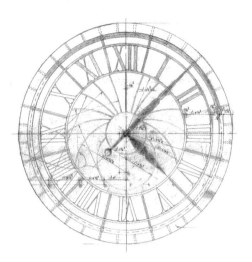

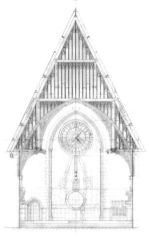

촬영 장소: 리브스덴 스튜디오

영화 속 등장: 〈해리 포터와 아즈카반의 죄수〉, 〈해리 포터와 불의 잔〉, 〈해리 포터와 불사조 기사단〉, 〈해리 포터와 혼혈 왕자〉, 〈해리 포터와 죽음의 성물 2부〉

시계탑과 안뜰

〈해리 포터〉 시리즈가 진행되는 동안 제작진은 내용에 따라 새로운 요소를 추가(해그리드의 오두막 확장, 부엉이장 디자인 등)하기도 했지만 시각적 효과와 주제 전달을 위해 그렇게 하기도 했다. 〈해리 포터와 아즈카반의 죄수〉에 나오는 시계탑과 거기 딸린 안뜰이 바로 여기 해당한다. 1편과 2편에는 호그와트의 뜰이 여러 곳 나오는데, 이 장면들은 대개 더럼 성당이나 옥스퍼드 뉴칼리지 등에서 현지 촬영되었다. 하지만 〈아즈카반의 죄수〉에서는 시간이라는 주제가 이야기 전체에 중요하게 작용해서 알폰소 쿠아론 감독은 이를 호그와트 성에 시각적으로 표현하고자 했다. 스튜어트 크레이그는 "알폰소와 오랜 토론 끝에 그것을 만들었다"고 말한다. "시간 되돌리기가 작품의 핵심이었는데, 3막에서 특히 중요하게 다뤄지죠. 그래서 시계와 시간을 표현하는 일이 그 주제와 잘 어울렸어요."

쿠아론은 또 학교를 좀 더 긴밀하고 합리적으로 배치하기를 원해서, 몇 차례의 대규모 수정 끝에 호그와트 시계탑을 새롭게 만들었다. 〈아즈카반의 죄수〉에서 시계탑과 거기 딸린 뜰은 호그와트의 뒤쪽에 위치한다. 학생들은 호그스미드 방문 전과 후에 거기 모이고, 그 뜰은 (새로 생긴) 나무다리를 통해 성을 나가는 또 하나의 출구가 된다. 이때 쿠아론은 뜰에 자신의 나라인 멕시코의 상징을 넣었다. 분수 주변의 고딕풍

아치 아래 멕시코 국기의 문양인 뱀과 독수리 조각상을 세운 것이다. 문자반이 투명한 이 영화의 시계탑 전망은 벅빅이 처형될 예정인 해그리드의 오두막을 향해 나 있다. 크리스마스 무도회 참석자들을 위해 뒷문을 새로 지어야 했던 〈해리 포터와 불의 잔〉에서 시계탑은 호그와트 앞으로 옮겨져 현관홀과 구름다리 뜰의 일부가 되었다. 시계가 시리즈 내내 등장하듯 시계의 개별적인 부분들도 그랬는데, 시계추는 〈해리 포터와 불사조 기사단〉에서 덜로리스 엄브리지의 O.W.L. 시험 당시 시간을 확인할 때 쓰인다.

58쪽 왼쪽 위부터 시계방향으로: 시계탑 설계도./시계탑의 조감도와 시계탑 문자반을 그린 앤드루 윌리엄슨의 콘셉트 아트 두 점.
맨 위: 더멋 파워가 그린 봄의 뜰.
중간: 〈해리 포터와 아즈카반의 죄수〉에서 학생들이 호그스미드로 떠날 때 홀로 남겨지는 해리.
아래: 〈해리 포터와 죽음의 성물 2부〉에서 황량한 잿빛 뜰을 바라보는 세베루스 스네이프의 모습. 앤드루 윌리엄슨 콘셉트 아트.

"다리를 폭파시켜요?"

네빌 롱보텀, 나무다리 폭파에 대해,
〈해리 포터와 죽음의 성물 2부〉

다리와 해시계

촬영 장소: 스코틀랜드 글렌코 클라케이그 협곡

영화 속 등장: 〈해리 포터와 아즈카반의 죄수〉, 〈해리 포터와 불의 잔〉, 〈해리 포터와 불사조 기사단〉, 〈해리 포터와 혼혈 왕자〉, 〈해리 포터와 죽음의 성물 2부〉

〈해리 포터와 아즈카반의 죄수〉에서는 새로 생긴 시계탑 뜰과 장소를 옮긴 해그리드의 오두막을 연결하기 위해 지붕을 씌운 고딕풍 나무다리를 호그와트 세트에 추가했다. 미술 감독 앨런 길모어가 말한다. "길이는 75미터고, 굉장히 삐걱대는 낡은 모습으로 계획했어요. 이리저리 기울고 뒤틀린 채 작은 협곡을 가로질러서 해그리드의 오두막까지 가는 길의 절반을 이루도록요." 다리는 애초에 미니어처 모형과 배우들이 연기하기 위해 촬영장에 지은 부분 세트를 결합하고, 블루스크린에 합성한 배경 숏을 붙일 예정이었다. 하지만 쿠아론 감독은 스코틀랜드에서 촬영한 장면을 해그리드의 새 오두막과 결합해 보고는 다리의 일부만이라도 지을 수 있는지를 물었다. 스튜어트 크레이그는 그 작업이 "아주 반가운 도전"이었다고 말한다. 다리의 15미터 부분을 이룰 부품은 런던에서 사전 제작돼 스코틀랜드로 옮겨졌다. 촬영지의 바람이 엄청났기 때문에 헬리콥터로 부품을 옮겨야 하는 다리 건축은 바람이 불지 않는 날에 이뤄져야 했다. 크레이그는 "그래서 아주 튼튼한 철골 구조물을 만들었"다고 말한다. "다리가 바람에 흔들리지 않도록 한 것인데, 보기에도 좋았어요."

다리를 건너서 해그리드의 오두막으로 내려가는 길가에 서 있는 5개의 거석은 호그와트를 짓기 전부터 거기 있던 것 같은 모습으로 세워졌다. 스톤헨지와 에이브버리로 유명한 잉글랜드와 스코틀랜드의 켈트족 거석 유적은 건축 목적이 무엇인지 오래전부터 논란의 대상이 되어왔다. 제작진은 이것을 해시계로 설정했다. "모든 거석 유적이 그렇듯이 그것도 수수께끼 같고 마법 같"다고 길모어는 덧붙인다. 다리를 짓는 동안 근처의 땅에 큰 구멍 5개를 파고 헬리콥터로 돌을 놓았는데, 길모어는 그에 대한 배우들의 반응을 다음과 같이 전했다. "어린 배우들이 감독에게 그 돌들 때문에 그곳을 선택했느냐고 묻더군요. 아주 우쭐해지는 질문이었어요."

위: 해시계 근처에 있는 해그리드의 새 오두막이 보이는 그림.
오른쪽: 뜰에서 다리로 다가가는 학생들을 그린 앤드루 윌리엄슨의 콘셉트 아트.

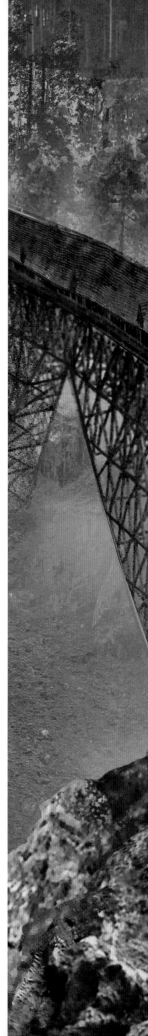

"눈이 엄마를 닮았어."

스네이프 교수, 〈해리 포터와 죽음의 성물 2부〉

선착장

책을 영화로 옮길 때면 "좀 더 극적이고 화려한 장소"가 필요할 때가 있다. 책 마지막 권에서 세베루스 스네이프는 악쓰는 오두막에서 죽음을 맞는데, 영화에는 이런 배경이 적합해 보이지 않았다. 스튜어트 크레이그는 "악쓰는 오두막은 영화 세트로서 훌륭하게 장식됐지만, 솔직히 내부보다는 외부가 더 흥미롭"다고 말한다. 전부터 〈해리 포터와 마법사의 돌〉에서 신입생들이 배를 타고 도착하는 호그와트 선착장이 영화에서 가치를 다 발휘하지 못했다고 생각한 크레이그는 "흥미로운 가능성을 지닌 세트를 제대로 활용하지 못하는 것이 안타까워"다. "그래서 J.K. 롤링에게 가서 스네이프가 선착장에서 죽어도 되겠느냐고 물었죠. 그러자 롤링은 고맙게도 동의해 주었어요." 크레이그는 선착장 세트를 디자인할 때 유리창들로 이루어진 벽을 만들었다. "납 창살을 댄 유리창이 가득한, 앙상한 고딕풍 건물이죠. 수정궁처럼 보이기도 해요." 선착장은 호그와트가 있는 절벽 아래 위치해서 "불타는 학교를 최대한 반사"했다. "위에서는 호그와트가 불타고, 유리와 물에 그 불길이 반사되고, 물에 반사된 빛이 다시 유리에 반사되는 장면은 마치 마법 같았어요. 스네이프의 죽음에 걸맞은 장소였죠." 그 장면을 촬영한 뒤, 세베루스 스네이프 역의 앨런 릭먼은 세트가 연기에 도움이 되었다고 스튜어트 크레이그에게 감사를 전했다. 크레이그는 그것이 "흔치 않은 일"이라고 말하며 "그가 만족했다는 것에 정말로 뿌듯했어요"라고 소감을 밝혔다.

위와 오른쪽: 볼드모트 경(랠프 파인스)과 세베루스 스네이프(앨런 릭먼)가 선착장 세트에 서 있는 모습.
63쪽 위: 〈해리 포터와 죽음의 성물 2부〉의 선착장 건축 도면.

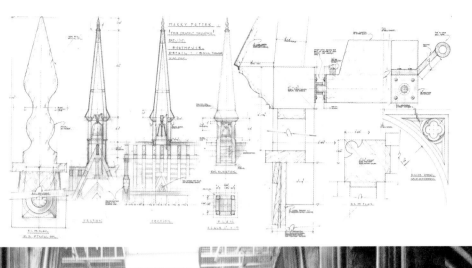

영화 속 등장:
⟨해리 포터와 죽음의 성
물 2부⟩

Published by arrangement with Insight Editions, LP, 800 A street, San Rafael, CA 94901, USA, www.insighteditions.com

해리 포터 필름 볼트 Vol. 6
: 호그와트 성

초판 1쇄 인쇄 2021년 10월 20일
초판 1쇄 발행 2021년 12월 29일

지은이 | 조디 리벤슨
옮긴이 | 고정아, 강동혁
발행인 | 강봉자, 김은경

펴낸곳 | (주)문학수첩
주소 | 경기도 파주시 회동길 503-1(문발동 633-4) 출판문화단지
전화 | 031-955-9088(마케팅부), 9532(편집부)
팩스 | 031-955-9066
등록 | 1991년 11월 27일 제16-482호

홈페이지 | www.moonhak.co.kr
블로그 | blog.naver.com/moonhak91
이메일 | moonhak@moonhak.co.kr

ISBN 978-89-8392-875-7 04840
     978-89-8392-869-6(세트)

* 고유명사 등의 용어는《해리 포터》20주년 새 번역본을 따랐습니다.
* 파본은 구매처에서 바꾸어 드립니다.